EDDY RYSSACK

Colin Colas

L'île aux trésors

éditions fleurus
31, rue de Fleurus 75006 Paris

Dépot légal 2e trimestre 1980 – ISBN 2.215.00341.3
Loi n° 49956 du 16.7.1949 sur les
publications destinées à la jeunesse.

LE CIEL EST BLEU. UN VENT FAVORABLE GONFLE LES VOILES DE LA "POULE D'EAU", LE TERRIBLE NAVIRE DU CAPITAINE GROGRAIN, LA TERREUR DES SEPT MERS.
PITIT NOIL' VELT DE PEUL' !
BLAM
TU AS DE LA CHANCE MON FLÈLE. TOI TU AS ENCOLE TA PILOGUE.
C'EST VLAI...
MAIS MON FLÈLE OUBLIE QUE CE PILATE VIENT DE COULER MON ÎLE !
SANS BLAGUE !
UNISSONS-NOUS, MON FLÈLE !
QUAND ON NE VOIT PLUS LA DIFFÉRENCE ENTRE UN PALMIER ET UN MÂT DE MISAINE, ON DOIT ALLER SE COUCHER !
BURP...
CESSEZ DONC DE VOUS CHAMAILLER ET VENEZ PROFITER DU SOLEIL.
SI VOUS Y TENEZ.
IL VA ÊTRE L'HEURE DE DÉJEUNER.
QUE VEUX-TU, DOC, CHAQUE MÉDAILLE A SON REVERS.
ET VOILÀ LE REVERS EN QUESTION !
COURAGE !
AU MENU : CÔTES DE POLC À LA CONFITULE DE FLAISES ET AUX PETITS POIS. PLEMIER SELVICE !
QUELLE HORREUR...

IL Y A DU DESSELT POUL CEUX QUI AULONT FINI LEUL ASSIETTE.
CHAQUE FOIS QU'IL Y A DES CÔTES DE PORC À LA CONFITURE DE FRAISES, C'EST LA MÊME CHOSE! JE ME PLAINDRAI AUPRÈS DE LA SOCIÉTÉ PROTECTRICE DES ANIMAUX!
CRUNCH... JE PRÉFÈRE ENCORE... CRUNCH CRUNCH... DES BISCUITS SECS... CRUNCH...
UNE VRAIE VIE DE CHIEN!
TU MONTES, NELSON?
NON, JE PRÉFÈRE T'ATTENDRE ICI.
TIENS! DE LA MUSIQUE, ICI?
COLIN NE RÊVAIT POURTANT PAS. IL ENTENDAIT BIEN DE LA MUSIQUE.
?
CAPITAINE! J'ENTENDS UN NAVIRE DROIT DERRIÈRE!
COMMENT CA "TU ENTENDS"?
?!
MAIS... MAIS COLIN A RAISON!
JE PARIE QUE C'EST CETTE FRIPOUILLE DE JULOT-LE-DANSEUR!

LE CAPITAINE GROGRAIN NE S'EST PAS TROMPÉ, IL A BIEN À SES TROUSSES JULOT-LE-DANSEUR, CE PIRATE...
...QUI NOURRIT UNE ÉTRANGE PASSION POUR LA DANSE.
BRAVO JULOT !
CA-CA-CA-CAPITAINE, IL Y A UN NA-NA-NAVIRE DROIT DEVANT !
MAIS, C'EST CE GROS IDIOT DE GROGRAIN !
JE T'INVITE À UN PAS DE DEUX, VIEILLE CANAILLE !
LE TEMPS DE VIRER DE BORD...
... ET JE SUIS À TOI COMME LA SARDINE EST À L'HUILE !
PRÉPAREZ-VOUS, LES GARS, ON EST INVITÉS À UN BAL !
TOUT LE MONDE PRÊT POUR LA VALSE ?
ALLONS-Y !
POK
JE SUIS HIC...PRÊT !

NON SEULEMENT TU ES PLEIN COMME D'HABITUDE, MAIS, EN PLUS, TU ES RIDICULE!
TU CROIS?...
TU PRENDRAS TON VIOLON ET RIEN DE PLUS! COMPRIS?
RIDICULE, PEUT-ÊTRE, MAIS PLEIN, JAMAIS!
EN ROUTE POUR LA FÊTE!
COLIN, TU GARDERAS LA BOUTIQUE!
ALLEZ-Y! LA MUSIQUE ADOUCIT LES MOEURS.
BURP.
AVOIR LE TRAC!
ÇA TE PASSERA!
ATTENTION! DÉVELOPPÉ, GRAND JETÉ ET CABRIOLE!
ET S'ENGAGE LE PLUS ÉTRANGE DES COMBATS...
EFFACÉ EN AVANT, TU CONNAIS?
PUWEEEP
ÉCHAPPÉ!
TLOK
MAIS NON, TSÉTSÉ, C'EST POM, POMPOM-POM.
AH? MOI, JE FAIS TOUJOURS POM-POMPEROM-POM POM.
QUEL VIRTUOSE!
OLÉ!

ET TRÈS PEU DE TEMPS APRÈS...
LA FÊTE ÉTAIT TRÈS RÉUSSIE.
IL EN FAUDRAIT PLUS SOUVENT DES COMME ÇA !
JE TIENS MON CARNET DE BAL À TA DISPOSITION, JULOT !
AU REVOIR, JULOT ! ET MERCI !
MONTE ! MAIS MONTE DONC !
PLUS HAUT !
JE CROIS QUE VOUS AVEZ EU TORT DE COULER LEUR RAFIOT.
AH, OUI ?
SURTOUT NE CRIEZ PAS !
ET POURQUOI DONC ?
NON, CAPITAINE ! PAL PITIÉ !
HUMPF ?...
SAUVE QUI PEUT !
COMPRIS MAINTENANT ?
LA FERME !
LE PREMIER QUI S'AVISE DE RIGOLER, JE LE METS...
AUX FERS À FOND DE CALE !!!

EH! CAPITAINE! VENEZ VOIR! VOILÀ CE QU'IL NOUS FAUT!
LA... LA MARINE DE GUERRE?
RENDEZ-VOUS, GROGRAIN! DERNIÈRE SOMMATION!
AMIS, SOYEZ LES BIENVENUS!
PAR ICI!
EH! OH! QUE SE PASSE-T-IL? GARDEZ VOS DISTANCES!
ET...
DAIGNEZ ACCEPTER CES MENUS CADEAUX!
?!
CAS FLAGRANT DE TENTATIVE DE CORRUPTION DE FONCTIONNAIRES!
ARRÊTEZ, LES GARS! IL N'AIME PAS ÇA!
VOUS AURIEZ PU FAIRE LE MÉNAGE AVANT QUE L'ON REMPLISSE LE GARDE-MANGER!
CE NE SERA PAS LONG!

IL Y A ENCORE PLEIN DE VERMINE LÀ-DESSOUS.
VEILLEZ BIEN À NE PAS METTRE LE RHUM EN FOND DE CALE !
NON MAIS, ME PRENDRAIT-ON POUR UN AMATEUR ?
JE LE GARDE À PORTÉE DE LA MAIN.
QUAND VOUS LEVIENDLEZ, LAPPOLTEZ-MOI DE LA CONFITULE !
RENDEZ-VOUS, BARBARES !
TU NE VAS PAS NOUS REFAIRE LE COUP DES CÔTES DE PORC AUX FRAISES ?!
CROIS-TU QUE NOUS AURONS ASSEZ DE DEUX GARDE-MANGER ?
HONNEUR...
ENCORE D'AUTRES VENIR À L'HORIZON !
CHOUETTE !
...ET PATRIE !
POK
ET PAS DE DÉSORDRE, COMPRIS ?
MOI RANGER LEURS BOTTES APRÈS.
JE SELAI ENCOLE OBLIGÉ D'ALLER CHELCHER MOI-MÊME LA CONFITULE.
28...
29...
3Ø...
II/7

COLIN, SULVEILLE LES HALICOTS ! ILS SONT SUL LE FEU !
QUAND LE CAPITAINE PART FAIRE SES COURSES, ON NE SAIT JAMAIS QUAND IL RENTRERA.
MISÈRE !
QUE SE PASSE-T-IL NELSON ? DES RATS À BORD ?
DES RATS, OUI ! MAIS DE CEUX QUI N'ONT PAS PEUR DU CHAT !
J'AI HORREUR DES HARICOTS DE TSÉTSÉ, D'ABORD...
?
PSSSSTTT
...ET DES RATS ENSUITE !
TES MARMITES NE M'EFFRAYENT PAS.
ALORS, PRENDS CELLE-CI...
BONG
ET ENCORE CELLE-CI !
GONG
ET NE REVIENS PLUS JAMAIS PAR ICI SANS Y ÊTRE INVITÉ !
TIENS ? D'OÙ SORT-IL CELUI-LÀ ?
DE MA CUISINE JE LECONNAÌS MES CASSELOLES.
IT/8

POURVU QU'IL NE SOIT RIEN ARRIVÉ À COLIN !
OU À MES HALICOTS.
MISSION ACCOMPLIE, CAPITAINE !
AH?
MALHEULEUX! QU'AS-TU FAIT DE MES HALICOTS ?
JE M'EN SUIS SERVI POUR ÉTEINDRE LA MÈCHE DE CETTE CHARGE DE POUDRE.
BIEN JOUÉ, COLIN !
HONTE !...
MAIS NOUS NON PLUS, ON N'A PAS CHÔMÉ. ON A MIS DE L'ORDRE !
J'AI MÊME TLOUVÉ LE LAYON DES CONFITULES.
ALORS, DES VOLONTAIRES POUR RENTRER À LA NAGE ?
QU'EN PENSES-TU, GAMIN ?
QU'EST-CE QUE C'EST QUE CETTE HISTOIRE DE "DANGER" ?
JOUX
ÉPICES
ATTENTION DANGER
C'EST DOC. IL A DEMANDÉ UN COIN TRANQUILLE POUR SE CONSACRER À SES RECHERCHES.
BUMM
AH, OUI. JE VOIS.
ALLONS VOIR CE QU'IL EST DEVENU.
EH! OH! VENEZ AU SECOURS DE LA SCIENCE ! ...
HIC!
IT/9

QUAND TU AURAS FINI DE FAIRE LE GUIGNOL !
NAVRÉ, CAPITAINE. JE N'AI PU SAUVER QUE L'ESSENTIEL.
LE TEMPS DE VÉRIFIER MES CALCULS, HIC... ET J'Y RETOURNE.
ET LE LENDEMAIN MATIN...
ALORS, CAPITAINE, C'EST BIENTÔT LA FIN DU VOYAGE ?
JAMAIS, COLIN. D'AILLEURS VOILÀ NOTRE PROCHAINE VICTIME.
ENCORE ?
BONNE IDÉE !
ALLONS-Y, LES GARS ! TOUTES VOILES DEHORS !
TOUT LE MONDE À SON POSTE !
BEN QUOI ? J'AI DIT "TOUTES VOILES DEHORS" !
ON POURRAIT PEUT-ÊTRE POUSSER ?
QU'EST-CE QUE C'EST ? ON N'AVANCE PAS ! SORTEZ LES DRAPS !
LES NAPPES ? LES SERVIETTES ?
J'AIMERAIS QUE QUELQU'UN M'EXPLIQUE CE
C'EST POURTANT SIMPLE. VOTRE SUPERMARCHÉ FLOTTANT NOUS EMPÊCHE D'AVANCER.

VOUS FERIEZ MIEUX DE DÉBARQUER VOTRE BUTIN DANS L'ÎLE AUX TRÉSORS DE VOS ANCÊTRES.
HÉLAS, PETIT, JE NE PEUX PAS.
LES VANDALES ! ILS EN ONT FAIT UN LUNAPARK(*)
(*) CONEY ISLAND.
C'EST QUE LA CONCURRENCE NE VA PAS TARDER À VOUS REPÉRER.
ÇA VA, ÇA VA. JE CHERCHE.
VOILÀ. C'EST TROUVÉ !
EN ROUTE POUR LES BERMUDES !
NOUS METTRE LE TEMPS, MAIS MANQUER DE RIEN !
TSÉTSÉ VA AU MALCHÉ !
DITES-MOI, JEUNE HOMME, LES CÔTES DE POLC C'EST PAL OÙ ? HI ! HI ! HI !
DEUXIÈME RAFIOT À DROITE, AVEC LA PORCELAINE ET LES LAYETTES, MADAME !
BAMM
FINI LES CÔTES DE POLC...
...ET LA PORCELAINE.
TRIOMPHE DE LA SCIENCE, MES AMIS ! J'OFFRE UNE TOURNÉE !
IT/11

DEPUIS PLUSIEURS JOURS, LA "POULE D'EAU" REMORQUANT SON TRAIN DE BATEAUX FAIT FORCE DE VOILES EN DIRECTION DES BERMUDES...
TU VERRAS, COLIN, LES BERMUDES, C'EST FORMIDABLE...
... LE COIN DÉSERT PAR EXCELLENCE.
LA DERNIÈRE FOIS QUE J'Y SUIS ALLÉ, IL N'Y AVAIT QU'UN VIEIL ERMITE SOUS SON PALMIER.
AH OUI?
NOTRE BUTIN Y SERA EN PARFAITE SÉCURITÉ.
SOUS LA GARDE D'UN ERMITE, TU PARLES!...
BUVONS UN COUP, BUVONS EN HIC... DEUX! OLÉ!
OLÉ, OLÉ... HIC! HOLÀ!
IL COMMENCE À ME TAPER SUR LES NERFS, CELUI-LÀ!
BOF! C'EST UN GRAND MALADE.
S'IL CONTINUE AINSI, ON N'AURA PLUS RIEN À CACHER DANS NOTRE ÎLE.
HIPS?
NON MAIS, ÇA NE VA PLUS?
BOUGE PAS!
ET QUELQUES COUPS DE MARTEAU PLUS TARD.
ET VOILÀ LE TRAVAIL!
CAPITAINE!... CAPITAINE!... VOUS N'ALLEZ PAS, HIPS... M'ABANDONNER?
TOUTES MES EXPÉRIENCES, FICHUES.
NE T'INQUIÈTE PAS, DOC, JE GARDERAI TES NOTES.

ET L'ÉTRANGE CONVOI DE LA TERREUR DES SEPT MERS POURSUIT LENTEMENT SA COURSE...
NON MAIS, J'AI L'AIR DE QUOI, MOI?
TIENS! DE LA VISITE!
HÉ! OÙ ALLEZ-VOUS COMME CELA?
BEN, ON VA AUX BERMUDES ON A RÉSERVÉ!
TROIS PERSONNES, UN CANOT, DEUX RAMES,...CELA FERA DEUX BOUTEILLES DE BONNE QUALITÉ!
L'AGENCE N'A PAS DIT QU'IL FALLAIT PAYER POUR ENTRER DANS LES EAUX TERRITORIALES!
ILS ONT DÛ OUBLIER, BOBONNE!
HÉ! HO! OÙ ALLEZ-VOUS COMME ÇA?
EN VACANCES, ET ON A DÉJÀ DONNÉ!
ET QU'ALLEZ-VOUS FAIRE EN VACANCES?
BEN... HEU... RIEN ÉVIDEMMENT!
REPRENDS LES RAMES, OCTAVE! SONGE À TA MOYENNE!

ILS SONT COMPLÈTEMENT SIPHONNÉS.
REGARDEZ PAR ICI ! CE N'EST PAS FINI !
JE PARIE QUE VOUS ÊTES EN VACANCES !
TU NE VOUDRAIS PAS FAIRE CELA TOUTE L'ANNÉE, NON ?
LA SOLITUDE...
TIENS ! ON CHANTE !
...ÇA N'EXISTE PAS !...
UNE ! DEUX ! UNE ! PLUS VITE !
UNE GALÈRE !
POUR NOS GENTILS GEÔLIERS, HIP, HIP, HIP,...
HOURRA !!!
UNE-DEUX-UNE !...
DES FORÇATS POUR LES BERMUDES ?
MAIS NON, CE SONT DES VACANCIERS EN CLASSE TOURISTE.
MAIS NOUS POURRIONS PEUT-ÊTRE AUSSI ALLER EN VACANCES ?
EH, LES GARS, VOUS ENTENDEZ ?
NOUS PLENDLAIS-TU POUL DES GALÉLIENS ?
PAS QUESTION !
POUR UNE FOIS QU'ON SE LA COULE DOUCE !
MOI, JE... HIPS...
IT/14

VIENS, NELSON ! ILS Y VERRONT PLUS CLAIR DEMAIN.
ON NE PEUT VRAIMENT PAS COMPTER SUR TOI POUR SOUFFLER LA BOUGIE.
ET LA NUIT FUT DES PLUS PAISIBLES À BORD DE LA "POULE D'EAU" !
HIPS !
MAIS DÈS LE LEVER DU JOUR...
QU'EST-CE QUE C'EST QUE CE CHAHUT ?
C'EST UNE INVASION !
J'AI HORREUR D'ÊTRE RÉVEILLÉ EN SURSAUT !
ON N'AVANCE PLUS !
ZUT, ENCORE LES DUPOND. FAIS SEMBLANT DE NE PAS LES VOIR !
ET CESSE DE BOIRE. IL TE FAUT ENCORE RAMER !
ZUT, ENCORE LES DUPUIS. FAIS SEMBLANT DE NE PAS LES VOIR !
QUAND ON A BESOIN DES FLICS, ILS NE SONT JAMAIS LÀ !
PAPA ! RÉVEILLE-TOI ! ON AVANCE !
Z
BEN, POUR LA MOYENNE C'EST FOUTU !
CHOUCROUTE ! SAUCISSES CHAUDES !
PAPA ! JE VEUX UNE GLACE !
HÉ ! AVANCE DONC, HÉ, PATATE !
ET TOUT ÇA AVEC LES BERMUDES À L'HORIZON !
DÉBLAYEZ !!!
17/13

QU'EST-CE QU'IL DIT?
IL CAUSE, IL CAUSE !...
ON VOUDRAIT BIEN BOUGER, NOUS !
SI TU AS UNE SUGGESTION À FAIRE, C'EST LE MOMENT !
ON VA VOIR CE QU'ON VA VOIR !
DESCENDEZ LA CHALOUPE !
SAUVAGE !
CHAUFFARD !
ATTENTION AUX ENFANTS !
VOICI LA PLAGE, CAPITAINE !
ARRÊTEZ !
TROP TARD !
BRENG
BEAU TRAVAIL !
LES BERMUDES, ENFIN !
17/16

CESSE DE RÂLER ET DONNE-MOI UN COUP DE MAIN !
DITES-DONC, AVEZ-VOUS RÉSERVÉ ?
C'EST BIEN LA PREMIÈRE FOIS QUE LE CAPITAINE PAIE POUR ACCOSTER.
OH, TOI, ÇA VA !
RÉSERVATIONS LOCATIONS
TON ERMITE A DÛ DÉMÉNAGER, NON ?
ERMITE OU NON, VOICI L'ENDROIT RÊVÉ POUR ENTERRER NOTRE BUTIN.
POUR MOI, TOUT EST BON !
NON ! ARRÊTEZ !
JE VOUS FERAI UN PRIX INTÉRESSANT.
TERRAIN PRIVÉ
COMME ÇA, IL NE RISQUE PAS DE LE PERDRE DE VUE !
ÇA Y EST, COLIN ! LÀ-BAS, AU PIED DE CET ARBRE !
CE N'EST POURTANT PAS UN PALMIER !
POUR UN ÉCU, JE VOUS FERAI LA SÉRÉNADE !
NON !
POUR DEUX ÉCUS, JE ME TAIRAI !
JE FINIRAIS PAR M'ÉNERVER !
BOING
IT/17

...ET DIX ÉCUS POUR LA GUITARE !
BANDE DE SAUVAGES !
REGARDE ! LES INDIGÈNES NOUS INVITENT À MANGER.
CELA NE PEUT ÊTRE PIRE QU'À BORD.
ÇA NE SUFFIT PAS POUR ME RASSURER.
SALVATOR
MAIS C'EST PROPREMENT IMMANGEABLE !
SI - SI, SIGNOR !
POUH !
MAIS PASSEZ DERRIÈRE POUR L'ÉLIXIR DU DOTTORE ISIDORE...
...MI AMIGO.
SPÉCIALITÉS LOCALES
ÉLIXIR
ISIDORE
ET QUELQUES EXPLICATIONS PLUS TARD...
JE M'EN VAIS DE CE PAS M'OCCUPER DE MA SANTÉ...
MI AMIGO ISIDORE, UNO ASPIRINE POR FAVOR...
ET JE DISTINGUE LÀ-BAS L'ENSEIGNE D'UN SPÉCIALISTE EN LA MATIÈRE.
BAR
ATTENDS-MOI, COLIN !
JE NE SERAI PAS LONG !
SLURP, SLURP...
HEIN?!
IT/18

DÉJÀ DE RETOUR, CAPITAINE ! QUE VOUS EST-IL ARRIVÉ ?
TU NE COMPRENDRAIS PAS, COLIN !
UN UNIFORME DE CAPITAINE AU LONG COURS, SEÑOR ?
UN UNIFORME ?... MON UNIFORME !!
CETTE FOIS C'EN EST TROP !
ON APPROCHE DU RIVAGE, CAPITAINE.
JE NE SUIS PAS PRESSÉ, JE SUIS EN VACANCES !
NOTRE CANOT A DISPARU !
JE COMMENCE À ME PLAIRE ICI.
CANOT À VENDRE
VENDU
IL FAUDRA RENTRER À LA NAGE !
AH, OUI ? ET POURQUOI DONC ?
MAIS VOYONS, CAPITAINE !
FAIS PAS L'ANDOUILLE ET MONTE !
GROGRAIN, LA TERREUR DES SEPT MERS, AGIT D'ABORD ET RÉFLÉCHIT ENSUITE !
BRAVO !
IT/19

LA TERREUR DES SEPT MERS AURAIT MIEUX FAIT DE VÉRIFIER LA BONDE AVANT D'AGIR !
MOI, JE RENTRE À LA NAGE. JE TE CONSEILLE D'EN FAIRE AUTANT.
ET AU BOUT DE QUELQUES HEURES...
JE DISTINGUE UNE VOILE À L'HORIZON !
C'EST PAS TROP TÔT !
MAIS CE N'EST PAS LA "POULE D'EAU" !
QUOI ?!
PLOUF
OH ! MAIS JE CONNAIS CE RAFIOT !
CE N'EST PAS UNE RAISON, NON ?
PFUIT !
ET SI JE TE DIS QUE C'EST BLOODY MARY ET SA BANDE, EST-CE UNE RAISON ?
BLUB...
IL S'AGIT EN EFFET DU NAVIRE DE BLOODY MARY, ET IL VIENT DE CHANGER DE CAP...
AH AAAAH ! LE CAPITAINE GROGRAIN, JE PRÉSUME ?!
OHOH AHAH
IL NE MANQUAIT PLUS QUE CELLE-LÀ ! FUYONS !
AHAH AH AH

ET APRÈS DE LONGS EFFORTS...
LE CAPITAINE EST DE RETOUR!
PARDON, MADAME!
EXCUSEZ-NOUS!
DÉSOLÉ, MONSIEUR!
ON NE FAIT QUE PASSER!
JE ME SOUVIENDRAI DE CETTE PROMENADE!
CETTE VERMINE DE BLOODY MARY NOUS A SUIVIS!
PAS FÂCHÉ D'ÊTRE DE RETOUR, NELSON!
ET PAS QUESTION D'ATTAQUER DANS CETTE PURÉE DE BOIS À BRÛLER!
PRIS AU PIÈGE COMME LE DERNIER DES DÉBUTANTS!
ATTENDS-MOI ICI, NELSON, J'AI UN PLAN...
BLEEEEEEEHH! JE VEUX ALLER A' LA DISTRIBUTION DE CADEAUX!
IL Y A PLEIN DE BONNES CHOSES GRATUITES, DES BONBONS, DES CRAYONS DE COULEUR, DES BALLONS, DES SUCETTES, DES CHAPEAUX EN PAPIER, DES...
DES BONBONS?
JE VEUX UNE SUCETTE!
OÙ C'EST?
C'EST PAR OÙ?
ATTENDEZ-NOUS!
ON ARRIVE!
JE VEUX ÊTRE LE PREMIER!
LE GRAND NAVIRE, LA'-BAS, IL EN EST REMPLI!
IL N'Y A PAS UNE MINUTE A' PERDRE!
OUIN!
PLUS VITE, PAPA!
OUIIIIN!
FONCE, PAPA, OU IL N'Y EN AURA PLUS!
IT/21

MAIS... QU'EST-CE QUI SE PASSE ? QUELLE EST CETTE INVASION ?
TU ME PAYERAS ÇA, GROGRAIN !
CHARGEZ !
GÉRONIMO !
DES BONBONS !
DES SUCETTES !
OUIiiiiiIN !
PROFITEZ-EN ! CE SONT LES SOLDES DU SIÈCLE !
CE N'EST QUE PARTIE REMISE, GROGRAIN... OUILLE !
QUI A CACHÉ MON CHAPEAU EN PAPIER ?
AU SECOURS !
BRAVO, COLIN !
ON MET LES VOILES, LES GARS. LA ROUTE EST LIBRE !
JE DIS : ON MET LES VOILES !
TU POURRAIS AUSSI NOUS CHERCHER UNE DESTINATION ?
ÉVIDEMMENT, GAMIN. JE CONNAIS CES PARAGES COMME MA POCHE !
DES FOIS QUE TU CONNAÎTRAIS UNE ÎLE DÉSERTE AVEC UN PALMIER ET UN ERMITE ?
ESPÈCE D'INSOLENT !
COLIN, JE T'AI GALDÉ DU DESSELT !
FAMEUX CULOT, CE GAMIN !
ATTENTION, NELSON ! LES POULIES VOLENT BAS AUJOURD'HUI !
IT/22

LE CAPITAINE GROGRAIN A LEVÉ L'ANCRE ET HISSÉ TOUTES LES VOILES MAIS REMORQUANT TOUJOURS SON ÉNORME BUTIN, IL NE S'ÉLOIGNE QUE TRÈS LENTEMENT DE BLOODY MARY, PRISE AU PIÈGE DES VACANCIERS EN FOLIE...
SI LE CAPITAINE NE TROUVE PAS BIEN VITE UNE CACHETTE POUR SON TRÉSOR, JE SENS QU'IL VA Y AVOIR DE L'ORAGE.
DE L'ORAGE? JE NE VOIS RIEN, MOI.
TU REGARDES DU MAUVAIS CÔTÉ, NELSON.
C'EST PAR LÀ QUE LES NUAGES S'AMONCELLENT!
DESCENDONS VOIR SI LA SAGESSE ORIENTALE N'A PAS DE SOLUTION À PROPOSER.
TSÉTSÉ, JE CROIS QUE TU DEVRAIS CUISINER UN PLAT SPÉCIAL POUR LE CAPITAINE.
AH, OUI ?
SOUVIENS-TOI QU'IL A HORREUR DE TES RECETTES AUX FRAISES.
CAPITAINE, DEVINEZ DONC CE QU'IL Y AULA AU MENU CE SOIL !
JE M'EN DOUTE !
DES CÔTES DE POLC À LA CONFITULE DE FLAISES!
MAIS...
17/23

JE VOULAIS DILE...
SILENCE!
MAIS PUISQUE JE VOUS DISQUE ...
LA FERME!
IL N'Y A PLUS DE COTES DE POLC
C'EST TANT PIS POUR TOI!
QUE SE PASSE-T-IL?
C'EST LE LÉSULTAT DE TES BONS CONSEILS!
CROISIÈRE DE LUXE EN QUEUE DE PELOTON! EMBARQUEMENT IMMÉDIAT!
ET C'EST AINSI QUE...
SALUT... HIPS... COLLÈGUE!
LETIENS TON HALEINE ET PASSE-MOI LA BOUTEILLE, DOC!
CE N'EST PAS EN ALLONGEANT LA CARAVANE QU'IL RISQUE DE TROUVER LA SOLUTION!
AVEC CETTE TRAÎNE JE NE TROUVERAI JAMAIS À TEMPS UNE CACHETTE CONVENABLE...
OUILLE! IL PENSE...
...MAIS IL SUFFIRAIT D'ABANDONNER TOUT ÇA POUR TROUVER TOUT DE SUITE UN COIN EXTRA...
...SEULEMENT JE N'AURAIS PLUS RIEN À Y CACHER...
DONC JE NE PEUX PAS ABANDONNER MON BUTIN!
...MAIS AVEC CETTE TRAÎNE, JE NE TROUVERAI JAMAIS À TEMPS UNE CACHETTE CONVENABLE.
IT/24

CE FUT CE JOUR-LÀ QU'IL Y EUT UNE ÉCLIPSE DE SOLEIL INATTENDUE...
VOUS APPELER MOI, CAPITAINE ?
NON, BOUGRE D'IDIOT ET JE T'APPRENDRAI À QUITTER LA BARRE !
OH...
UNE FOIS DE PLUS, LE CAPITAINE GROGRAIN SORT SES OUTILS...
SI ÊTRE LA MÊME CHOSE POUR VOUS, MOI AIMERAIS AUTANT UN DRAKKAR...
GRRR!!!
TU IRAS REJOINDRE LES AUTRES DRAKKARS EN FIN DE CONVOI !
MES ANCÊTRES INDIGNÉS.
QUANT À TOI, GAMIN, TU VAS VOIR COMMENT JE RÉSOUS MES PROBLÈMES TOUT SEUL !
EEEEK !
QUAND JE DÉCIDE DE HISSER LES VOILES...
JE HISSE TOUTES LES VOILES !
IT/25

ET DE UN !
MAIS NON, CAPITAINE ! ARRÊTEZ !
ET DE DEUX !
ET DE TROIS !
CAPITAINE, NE FAITES PAS CELA !
ET DE QUATRE !
ATTENTION, NELSON ! AGRIPPE-TOI !
MIAOU ?
ET SOUS L'EFFET D'UN SEUL COUP DE VENT, TOUTES LES VOILES SE GONFLÈRENT...
WOOSHH
ZOÏNK
ZOÏNK
ZOÏNK
ZOÏNK
?
ALORS, QU'EN PENSES-TU, GAMIN ?
JE PENSE QU'IL N'EST PAS DONNÉ À TOUT LE MONDE DE FAIRE MARCHE ARRIÈRE PAR VENT DEBOUT !
HEU...ON POURRAIT PEUT-ÊTRE DEMANDER AUX COPAINS DE REMONTER À BORD...
OHÉ ! LES GARS ! LE CAPITAINE FAIT DEMANDER SI ...
RÉPØNSE ÊTRE NØN !
TU LUI DILAS QU'IL PEUT ALLER SE FAILE ...
HIC !
IT/26

MAIS NON LOIN DE LÀ, BLOODY MARY COMMENCE À ENTREVOIR LA FIN DE SES PROBLÈMES...
ALORS, TIMONIER ?
ON APPROCHE, MARY ON APPROCHE...
C'EST PAS TROP TÔT...
LES BERMUDES ! TOUT LE MONDE DESCEND !
C'EST VRAI ÇA !
ON AVAIT OUBLIÉ !
EN AVANT !
AU SECOURS !
JE N'AI ENCORE RIEN EU !
AVANCEZ ! AVANCEZ !
OUF ! ON S'EN EST BIEN TIRÉ...
ARREUH...
TU TROUVES, TOI...
ALLEZ, OUSTE ! REMETTEZ DE L'ORDRE ! ON REPART AUX TROUSSES DU CAPITAINE GROGRAIN !
COMMENT LE RETROUVER CELUI-LÀ ?
FACILE. AVEC CE QU'IL TRAÎNE, LE VENT NE DOIT PAS L'AVOIR POUSSÉ BIEN LOIN !
D'ICI QUELQUES HEURES, ON L'AURA RATTRAPÉ.
ON PRÉPARE LA GROSSE ARTILLERIE.
IT/27

ET BLOODY MARY A RAISON. LE CONVOI DU CAPITAINE GROGRAIN SE TRAÎNE LAMENTABLEMENT...
BOUM!
DOC?
M'EN FOUS!
NON MAIS, CETTE FOIS IL EXAGÈRE!
ZUFF
AAAAAAH!
ON NOUS TIRE DESSUS!
NOUS VOICI, GROGRAIN!
SOUVIENS-TOI! ON A UN COMPTE À RÉGLER!
DE CE CÔTÉ IL NE FAUT PAS ATTENDRE UNE RÉPONSE.
LE CAPITAINE NE TIENT PAS À ÊTRE DÉRANGÉ PENDANT SA SIESTE!
?!
IT/28

ZOUFFF
AU BOULOT, NELSON !
COMMENÇONS PAR RANGER LA "TERREUR DES SEPT MERS".
ENSUITE, ON PASSE À L'ATTAQUE !
UN BRIQUET, UNE MÈCHE ET... À L'ASSAUT !
FAITES VITE, DOC ! PASSEZ CHEZ LE VOISIN VOIR SI JE N'Y SUIS PAS !
ET MA RÉSERVE D'ANTIBIOTIQUES?
CONFISQUÉE !
J'EN FAIS CADEAU À BLOODY MARY !
ET DE UN, COMME DIRAIT UN CAPITAINE QUE JE CONNAIS TROP BIEN.
CAPITAINE MARY ! ILS ABANDONNENT UNE PREMIÈRE PIÈCE !
IT/29

C'EST PAS TERRIBLE COMME PRISE...
CE N'EST QU'UN DÉBUT MAIS C'EST LA SUITE QUI M'INTÉRESSE.
BAOUM
C'ÉTAIT UN !
DE PIÈGE !
QUELLE PURÉE !
PLUS DE PEUR QUE DE MAL.
RECHARGEZ LES CANONS...
...LE TIR AUX PIGEONS CONTINUE !
?
?
?!
HEIN ?!
ILS ONT DISPARU !
IT/30

EN EFFET...
VOUS POUVEZ REMONTER, LES GARS!
BIEN JOUÉ, COLIN!
J'AIMELAIS VOIL LA TLONCHE DE BLOODY MALY!
VITE, DOC! OCCUPE-TOI DU CAPITAINE, IL EST EN PITEUX ÉTAT.
LE "SAVOIR" EST À VOTRE HIC... SERVICE.
ARRREUH...
MAIS CELA M'A L'AIR TRÈS SÉRIEUX.
OUH-LALA! IL FAUT UTILISER TOUT DE SUITE LES GRANDS MOYENS.
PAUVRE CAPITAINE!...
CAPITAINE, ESSAYEZ DE ME PARLER, IL LE FAUT!
IL ME FAUDRAIT DU RHUM... C'EST URGENT...
LÀ... LÀ-BAS... LE DERNIER TIROIR...
COURAGE, CAPITAINE...
OUF...
PARFAIT, J'AI TROUVÉ!
GLOU-GLOU-GLOU!
GLOU-GLOU?...
NON MAIS!...
GLOU?
IT/31

AVALE ET TU ES UN HOMME MORT !
GLUB ?
FÉLICITATIONS, DOC ! POUR ÊTRE GUÉRI, IL EST GUÉRI !
EH BIEN ! QUE SE PASSE-T-IL, ICI ?
MAIS... OÙ EST NOTRE BUTIN ?
ABANDONNÉ À BLOODY MARY.
QUOI ?!
VOYONS, CAPITAINE, SOUVENEZ-VOUS DE TOUS LES ENNUIS QU'IL VOUS A PROCURÉS ?
AH, OUI ?
IL VA AUSSI PARALYSER BLOODY MARY !
EH ! MAIS C'EST PAS BÊTE, ÇA !
COLIN, VIENS DANS MES BRAS !
EUH... J'ÉTOUFFE !
REMETTONS DE L'ORDRE, LES GARS ! ET VITE ! NOUS AVONS UN RENDEZ-VOUS !
PFOUHH !
17/32

QUAND ILS SE METTENT À FAIRE LE MÉNAGE, NOUS ON REMONTE, NELSON.
CELA FAIT DU BIEN DE RETROUVER SON CHEZ-SOI.
NON, MAIS... C'EST PAS POSSIBLE!
CAPITAINE! REGARDEZ! UNE ÎLE, VOTRE ÎLE!
!
MON ÎLE! MON PALMIER! MON ERMITE!
ON TRINQUE?
ANCÊTRES VOUS AVOIR ENTENDU, CAPITAINE!
IL N'Y A PAS UNE SECONDE À PERDRE!
...HUMBLE, MAIS L'OEIL FROID ET LE GESTE PRÉCIS, J'AI AMENÉ MON ÉQUIPAGE, LES PAUVRES IGNORANTS, FACE À L'ÎLE AUX TRÉSORS.
LA POSITION EST NOTÉE. MAINTENANT, ON CHANGE DE CAP! BLOODY MARY NOUS ATTEND!
BELLE BAGALLE EN PELSPECTIVE!
JE DIRAIS MÊME HIC... HELI... PARDON.
YOUPIE!
17/33

ET VOILÀ LA "POULE D'EAU LIBRE DE MONTRER DE QUOI ELLE EST CAPABLE, BARRÉE PAR LE CAPITAINE GROGRAIN, LA TERREUR DES SEPT MERS, IMPATIENT DE RETROUVER SA GRANDE ENNEMIE, BLOODY MARY...
AVEC BLOODY MARY AU BOUT DU VOYAGE, JE TIENDRAI LA BARRE MOI-MÊME.
NØUS SE CHARGER DE LA VØILE, CAPITAINE !
HIC...
QUANT À TOI, LA VIGIE, PRENDS GARDE DE NE PAS T'ENDORMIR !
AVEC UN CHAUFFARD COMME VOUS, JE NE RISQUE PAS DE FERMER L'OEIL !
CE N'EST PAS POUR LE CONFORT QU'IL FAUT VOYAGER SOUS VOS ORDRES.
BREF, C'EST L'AMBIANCE DES GRANDS JOURS...
YOUPIE !
YAHOU !
IT/34

A' QUELQUES ENCABLURES DE LA', BLOODY MARY ET SON ÉQUIPAGE SONT A' LA FÊTE.
QUEL MAGOT !
UN SUPER MAGOT !
UN MAGOT DE ROI !
APRÈS CE COUP, ON PEUT SE RETIRER DES AFFAIRES.
TU PARLES.
MAIS OUVREZ L'OEIL, LES VICTOIRES TROP FACILES, MOI, JE M'EN MÉFIE.
ET TOUTE LA NUIT...
QU'A-T-IL PU ARRIVER A' CE GROGRAIN?
OÙ A DISPARU CE MONSTRE...
...SANS LAISSER LA MOINDRE TRACE?
JUSQU'AU LENDEMAIN MATIN...
JE N'AI PAS FERMÉ L'OEIL DE TOUTE LA NUIT...
AH, VOUS NON PLUS...
NON CAR CE SADIQUE EST CAPABLE DE SURGIR A' TOUT MOMENT.
QU'EST-CE QUE C'EST?
TOC TOC TOC
ON FRAPPE.
BEN, QUOI?!
IL Y A QUELQU'UN?
TOC TOC TOC
IT/35

J'ESPÈRE QUE JE NE VOUS AI PAS RÉVEILLÉE !
?!
JE PASSAIS PAR LE COIN, ALORS JE ME SUIS DIT...
EUH ... EUH... HAAA...
POURQUOI NE PAS EN PROFITER POUR RÉCUPÉRER MON BIEN ?...
D'ACCORD ?
JAMAIS !
TU NOUS FAIS RIRE, GROGRAIN !
ENCORE !
ON EN A VU D'AUTRES ! EH, PATATE !
TU NE DEVRAIS PAS SORTIR SEUL COMME ÇA !
PAF
TU L'AURAS VOULU, MARY !
VOILÀ LE SIGNAL !
BURPS...
ON ALLIVE !
QUEL EST CE REMUE-MÉNAGE ?
LES TRAÎTRES ! ILS NOUS ATTAQUENT DANS LE DOS !
À L'ABORDAGE !
IT/36

LES HOMMES DU CAPITAINE GROGRAIN S'ÉLANCENT À L'ASSAUT AVEC L'EFFICACITÉ D'UNE MACHINE PARFAITEMENT RODÉE.
PRIMO!
SECUNDO! HIPS...
TELTIO!
ATTENTION, REPRENDRE À PRIMO!
DEUXIO!
AH, NON, ÇA VA!
NOUS ON A COMPRIS!
BANDE DE LÂCHES! DEMI-TOUR! AU COMBAT!
J'AIMERAIS VOUS DIRE UN MOT...
LAISSEZ-MOI. JE N'AI PAS DE TEMPS À PERDRE!
PAF TCHAK BLAM
IT/37

GROGRAIN!!
OH ! ATTENTION !
A' NOUS DEUX, GROS PLEIN DE SOUPE !
VOUS POURRIEZ VOUS BLESSER !
J'AURAI TA PEAU, GROGRAIN !
MAIS JE NE TIENS PAS A' M'EN DÉBARRASSER.
AU REVOIR EN ENFER !
PAR MOMENTS VOUS M'INQUIÉTEZ, MARY.
BAF
EN AVANT, CAMARADES ! ON L'ACHÈVE ! PAS DE QUARTIER !
BEN... C'EST QUE...
?
VOS HOMMES ONT AFFAIRE AILLEURS...
C'EST UNE BANDE DE COUARDS ET JE SUIS LEUR CAPITAINE !
ON NE VOULAIT PAS...
ØN PENSER PAS...
VOYONS, MARY CELA PEUT S'ARRANGER...
BLEEEEEEEEHH!
17/38

NOUS NE FAISONS QU'EMPRUNTER VOTRE INFECT RAFIOT.
MAIS ON VOUS LAISSE CES PETITS JOYAUX DE LA MARINE
VOUS AVEZ CRU UN MOMENT AVOIR AFFAIRE À DES SAUVAGES...
...EH BIEN, VOUS AVIEZ RAISON ! AHAHAH !
JE CITERAI VOTRE COURAGE DANS MES MÉMOIRES.
SADIQUE!
THOR, TU PRENDRAS LES COMMANDES DE CE DRAKKAR. TSÉTSÉ RESTERA AVEC TOI.
Ø.K. CAPITAINE.
ET PAS CØNFITURE À BØRD, VU ?!
COLIN SURVEILLERA DOC, ET JE ME CHARGE MOI-MÊME DE LA POULE D'EAU.
CAP SUR L'ÎLE AUX TRÉSORS!
LA "FLOTTE" DU CAPITAINE GROGRAIN A FIÈRE ALLURE...
ET LA CONFITURE DE COINGS ?
NØN !
IT/39

ET BIENTÔT, LA "POULE D'EAU" TOUCHE AU BUT.
LA CONFITULE DE PLUNES?
NØN!
ENFIN !
DOC, DONNEZ-MOI UN COUP DE MAIN POUR JETER L'ANCRE!
LAQUELLE DES DEUX?
ET PEU APRÈS...
EN AVANT, LES GARS! ON EMBARQUE TOUT!
COMME ÎLE DÉSERTE ON NE FAIT PAS MIEUX.
ICI, NOUS SOMMES CHEZ NOUS!
OHÉ! SALUT, MONSIEUR L'ERMITE!
IL NE RÉPOND MÊME PAS.
QUE VEUX-TU? LES ERMITES, ÇA MÉDITE.
J'AIMERAIS QUAND MÊME LE REGARDER D'UN PEU PLUS PRÈS...
ÉTRANGE ERMITE ET DRÔLE DE MÉDITATION.
CAPITAINE! ATTENDEZ-MOI!
IT/40

J'AI DES NOUVELLES DE L'ERMITE.
CHARMANT HOMME, N'EST-CE PAS?
EN EFFET, IL A ÉTÉ REMPLACÉ PAR UN PANNEAU EN BOIS.
TANT MIEUX! L'ÎLE N'EN SERA QUE PLUS DÉSERTE.
LES BONSHOMMES EN BOIS NE POUSSENT PAS TOUT SEULS
ET VOILÀ L'EXPLICATION, MON VIEUX NELSON.
MANIFESTEMENT, TOUTES LES ÎLES DÉSERTES SONT BOURRÉES DE VACANCIERS.
MAIS, JE LE CONNAIS CELUI-LÀ!
...TOUS À LA PLAGE! IL Y AURA PLEIN DE CADEAUX POUR LES PLUS FORTS!
DZING
?
CET HOMME, CE BONHOMME... LE BONHOMME EN BOIS...
MAIS... ÉVIDEMMENT. C'EST L'ERMITE DE LA PLAGE!
!
LA CHASSE EST OUVERTE!
C'EST LA FÊTE!
À NOUS LES TRÉSORS!
VIVE LES VACANCES!
BANDE DE SAUVAGES!
IT/41

IL S'EST DRÔLEMENT RECYCLÉ, CELUI-LÀ !
AVEZ-VOUS LES SUCETTES ET LES COURONNES EN PAPIER DORÉ ?
RASSUREZ-VOUS, TOUT Y EST.
NE PRESSONS PAS. ON ARRIVERA TOUJOURS ASSEZ TÔT POUR RAMASSER LE PAQUET.
ET PENDANT CE TEMPS SE DÉROULE SUR LA PLAGE LA PLUS FRÉNÉTIQUE DES CHASSES AU TRÉSOR...
ÇA Y EST ! J'AI TROUVÉ !
KLONK
NON MAIS, VEUX-TU LAISSER ÇA !
JAMAIS !
CE COFFRE M'APPARTIENT ET JE LE PROUVE !
DENG
THOR ! VITE ! LÀ-BAS, ENCORE UN !
MAIS BIENTÔT...
PAR ICI !
ENCORE UN !
ET MOI DONC !
REGARDEZ-MOI ÇA !
ÇA SUFFIT !!!
PAR ICI, LA MONNAIE !
QU'EST-CE QU'ILS SONT MARRANTS !
IT/42

À L'AIDE ! IL Y EN A QUI TRICHENT !
JE T'APPRENDRAI À RESPECTER LES RÈGLES DU JEU !
SI TU CROIS QU'ON VA SE LAISSER FAIRE !
ET NOUS DONC !
ET LONGTEMPS APRÈS...
SI C'EST CELA QU'ILS APPELLENT DES VACANCES, MOI JE SUIS POUR !
ON PREND DU MOUVEMENT.
ON SOIGNE SA SANTÉ.
ET QU'EST-CE QU'ILS SONT MARRANTS.
COLIN ! TU AS RATÉ LA MEILLEURE PARTIE.
PEUT-ÊTRE, MAIS J'AI VU TON ERMITE.
NON SEULEMENT IL EST EN PARFAITE SANTÉ, MAIS EN PLUS IL EST EN ROUTE POUR VENIR EMPORTER TON TRÉSOR !
JE SENS QUE JE M'EN VAIS LUI FOURNIR UN FAMEUX SUJET DE MÉDITATION.
LE VOILÀ, JUSTEMENT.
PAR ICI, LES AMIS !
VOUS AVEZ DE LA CHANCE DE POUVOIR ÉCHANGER CES MALLES SANS VALEUR CONTRE DE PRÉCIEUSES RÉCOMPENSES !
JE SUIS ÉMU...
JE VOUS FAIS COMMANDEUR DE L'ORDRE DE LA NOUGATINE !
... NOMMÉ FILS DU SHEIK D'ARABICA !
OH, FRANÇOIS, NOS VOISINS VONT ÊTRE JALOUX !
IT/43

EN ÉCHANGE, MOI JE TE NOMME GRAND ZÈBRE DE L'EMPIRE DES HOULA'LA' !
QUELQUE CHOSE NE TOURNE PAS ROND...
NON MAIS, QU'EST-CE QU'ILS SONT MARRANTS !
ZUCK
HOULALAAAA !
DOMMAGE, MAIS IL NOUS FAUT RENTRER...
ON NE TIENT PAS À SE FAIRE GRONDER.
COMME JE VOUS COMPRENDS !
CAPITAINE ! JE M'OCCUPE DES BAGAGES !
VAS-Y ! ON NE TARDERA PAS !
UN DERNIER PETIT JEU !
ALLONS-Y, LES GARS, LA "POULE D'EAU" NOUS ATTEND.
ON N'A LIEN OUBLIÉ ?
ILS SONT MARRANTS, NON ?
AH, TU TROUVES, TOI ?
ON N'A PAS TROUVÉ L'ÎLE DE NOS RÊVES MAIS QUELLES BELLES VACANCES ON A EUES !
PUISQUE TU NOUS AS SAUVÉS DE CET ESCROC COLIN, VOICI TA RÉCOMPENSE.
CAPITAINE, POURQUOI AVEZ-VOUS LAISSÉ L'AUTRE NAVIRE DEVANT L'ÎLE ?
BEN... C'EST QUE J'AI RÉSERVÉ POUR L'ANNÉE PROCHAINE... ALORS, EUH... IL A FALLU QUE JE DONNE UN ACOMPTE... À... HEUM... À UN VIEIL ERMITE INSTALLÉ SUR LA PLAGE...
FIN
17/44

PRINTED IN BELGIUM BY
proost
INTERNATIONAL BOOK PRODUCTION